문학과지성 시인선 381

비탈의 사과

연왕모 시집

문학과지성사

문학과지성사에서 펴낸 연왕모의 시집

개들의 예감(1997)

문학과지성 시인선 381
비탈의 사과

펴 낸 날 2010년 9월 17일

지 은 이 연왕모
펴 낸 이 홍정선 김수영
펴 낸 곳 ㈜문학과지성사

등록번호 제10-918호(1993. 12. 16)
주 소 121-840 서울 마포구 서교동 395-2
전 화 02)338-7224
팩 스 02)323-4180(편집) 02)338-7221(영업)
전자우편 moonji@moonji.com
홈페이지 www.moonji.com

ISBN 978-89-320-2075-4

문학과지성 시인선 381

비탈의 사과

연왕모

2010

시인의 말

좁은 골목을 벗어나
언덕 아래
마을을 본다

낯익은
부감 풍경

햇빛에 익어가는
색 고운
지붕들

2010년 9월
연왕모

비탈의 사과

차례

2. 문밖, 공터

3. 바닥의 얼룩

4. 쭉 곧은 기둥

1. 인공조명

늪의 입구

그림자들이 늪지를 다녀갔다
무언가를 버리고 사라져버렸다
그들이 버린 것이
내 곁에 있다

가슴이 이상해요
구멍 난 풍선처럼 부풀어 오르질 않아요
아무리 깊게 숨을 쉬어도 채워지질 않아요
내 가슴을 좀 채워주세요
흙이라도 한 삽 퍼 넣어주세요

그림자들이 돌아간 거리에선
마른 가로수들이 뽑혀나갔다
가로수로 오인된 사람들도 뽑혀버렸다
그들은 트럭에 실려 나무처럼 빳빳하게 굳어져갔다

스스로 멎어 있음은 혼돈을 부르는 것이 아닌가,
나무들이 흔들렸다

양생하는 건물

그 건물은 우직해 보여도
들어가고 나면 출구를 찾을 수 없는 미로투성이라고
여행자들은 말해주었다
하지만 마을 사람들은 그것을
아름다움의 한 형태로만 받아들였다
그들은 떼를 지어 건물 안으로 들어갔다

오직 햇빛 비치는 길을 더듬어나간 자들만이
출구에 이를 수 있었다
그러나 건물 안의 인공조명은
햇빛보다 더 밝고 편안하게 느껴졌으므로
아무도 햇빛을 찾으려 하지 않았다
퍼석퍼석 말라가는 몸은
그저 풍요로운 시간에 따른 무관심의 결과라 여겨졌다
보습제를 사서 바르는 건 오히려 가진 자들의 영광이었다
손바닥에 물집이 잡히는 줄도 모르고

그들은 번들거리는 얼굴을 뽐내며 다녔다
때로는 온몸이 말라 쓰러지는 사람들이 목격됐으나
그것조차 빛의 공급과잉에 의한 현기증으로 치부되었다

그 건물은 여전히 양생 중이었다
새롭게 들어오는 모든 입자들은 단단하게
콘크리트 건물의 일부가 되었다

검고도 붉은 인디언 사내
—하얗게 질려 있는 여인을 만나다

그의 몸은 흙에서 자랐다
나무들의 그림자와
짐승들의 발자국과
신의 숨결이 가까운 그곳
거기에 그의 가늘고 질긴 실뿌리가 있다

견고한 콘크리트 인큐베이터에서
길러진 그녀는
이제 그의 이야기를 더듬는 중이다
그의 가슴에서 뻗어 나온 실뿌리 몇 가닥에
젖가슴을 내어 맡기는 중이다
부풀어 오른 젖꼭지 아래서
맹렬히 솟구치려는 젖의 흐름을
가까스로 저지하는 중이다

그녀의 몸 안에
그는 흙을 채운다
한 삽 또 한 삽

흙이 채워지는 그녀
눈앞으로 바다가 다가온다
이제 그녀는
바다를 건널 준비를 한다
깊은 바다 아래를 걸어
물풀들을 헤치고 가는
꿈을 꾼다

언제쯤 그녀의 젖이 터질지
콘크리트 벽은
더 차갑고 단단하게 몸을 세운다

신기루

1

공기를 가리키며
이것이 뭐냐고 묻는다
원주민은 의아한 얼굴로 말한다
"캥거루"

아무리 손가락을 뾰족하게 해도
아무리 눈을 가늘게 떠도
원주민의 눈은 먼 데 가 있다

2

먹어야 할 것은 많은데
아무리 찾아봐도 어디에도 없다
먹고 싶다 가슴속의 창고가 커져
이젠 터져버릴 것 같다

그동안 먹어왔던 것들은 모두 어딨지?

3

전망 좋은 방

11층 그 방에선
모든 게 내려다뵈지
안 뵈는 게 없지

십자가 붉은빛보다
이발소 삼색등이
더 밝고 가깝지
어기적거리며 걸어 나오는 부른 배가
풍만도 하지
술 취한 애늙은이 노랫소리가
바람을 타지

30층 건물
중간도 못 되는
11층 그 방에선
대개 다 내려다뵈지
30층 거기면
뵈는 게 없을 거라지

오후

빛줄기에서 떨어져
멀어져………가는
가는,
햇살

〈html〉〈head〉〈title〉뭘 찾는데요?〈/title〉〈/head〉

〈body〉

〈table border=0 cellpadding=3 cellspacing=2 width=“100%”〉

〈tbody〉

〈tr〉

〈td bgcolor=#a0b8c8〉〈font size=+0〉〈b〉검색결과〈/b〉〈/font〉 〈font size=-1〉 당신의 검색어 "?"에 대한 결과로 〈b〉0〈/b〉개의 카테고리와 〈b〉0〈/b〉개의 사이트를 찾았습니다. 〈/font〉〈/td〉〈/tr〉〈/tbody〉〈/table〉

〈p〉

〈center〉〈/center〉

〈p〉

〈table bgcolor=black border=0 cellpadding=0 cellspacing=0 width=“100%”〉

〈tbody〉

〈tr〉

〈td〉

〈table border=0 cellpadding=2 cellspacing=1 width="100%"〉

〈tbody〉

〈tr align=middle bgcolor=#eeeeee〉

〈td width="20%"〉〈font size=-1〉카테고리 〈/font〉〈/td〉

〈td bgcolor=#a0b8c8 width="20%"〉〈font size=-1〉〈b〉사이트〈/b〉〈/font〉〈/td〉

〈td width="20%"〉〈font size=-1〉〈a href="http://news.search.spider.web/search/news"〉뉴스 검색〈/a〉〈/font〉〈/td〉

〈td width="20%"〉〈font size="-1"〉〈a href="http://blackhole.spider.web/search"〉뭘 찾수? 거미 똥구멍〈/a〉〈/font〉〈/td〉〈/tr〉〈/tbody〉〈/table〉〈/td〉〈/tr〉〈/tbody〉〈/table〉

〈p〉 〈p〉 〈p〉

〈center〉당신의 검색어 '〈b〉?〈/b〉'에 대한 검색 결과가 없습니다.〈/center〉

〈p〉

〈center〉

〈form action=/search method=get〉〈input name=p size=35 value=?〉〈font size=-1〉〈input type=submit value=검색〉〈/font〉 〈small〉〈a href= "http://nomore.search.spider.web"〉옵션〈/a〉

〈a href= "http://whoknows.howto.spider.web"〉도움말〈/a〉〈/small〉

〈hr〉

〈small〉 Copyright ⓒ 0-∞ muolchatsu? All rights reversed.〈br〉〈/small〉〈/form〉〈/center〉

〈/body〉

〈/html〉

내겐 너무 큰 냉장고

찾을 것도 없는데 나는
냉장고 문을 연다
들여다보면 마땅히 먹을 것도 없는데 자꾸만
냉장고 앞에서 서성거린다
내 몸은 채울 수도 비울 수도 없는 그릇
냉장고 안엔 그릇들이 많아 들여다보면
그냥 쓸쓸한 것들

삼십 년 된 골동품 자물쇠를 본다
시간의 때 묻고 묻어
그럴듯해 보여도
냉장고 문을 채울 순 없다
그냥 스스로 채워져 초연해 보이는 것

내겐 너무 큰 냉장고
안에는 수없이 차가운 것들

새벽 세 시의 자명종

그의 입에서 밧줄이 나온다
눈을 감고 그는 고통스럽게 밧줄을 게워낸다
방 안을 가득 메운 밧줄이 꿈틀꿈틀 문을 나선다
거리에 나온 밧줄이 터널을 바라본다

한 손에 여행 가방을 든 남자
천천히
터널을 향해 걸어간다

스타워즈

햇빛 아래 불 켜고
TV 보는 자,
별빛 아래 불 켜고
하늘 보는 자,
마주 앉아 얘기를 나눈다
빛에 민감한 그들,
더듬이가 마주칠 때마다
화들짝 들짝 놀라
앞뒤로 뒤뚱거린다

시간이 깊어갈 새
후꺼덕 낮달이 뜨고
켰던 불은 꺼지고
졸린 눈 비비다 쓰러져
낮잠을 잔다
벌건 대낮에 꿈을 꾼다

오늘도 별똥별 하나 떨어지고
누군가 소원을 빈다

오렌지 구르는 골목

쥐들이 살고 있는 골목
입구에 오렌지빛 가로등
낮에는, 오렌지 나무
경사진 길을 따라 오렌지들 골목으로 굴러 들어가고
쥐들은 나무에서 굴러오는 열매를 받아먹으며 자랐다
몸에는 아주 짧은 솜털
너무나 투명한 오렌지빛
골목에 날리는 솜털들
낮에도 밤에도 빛으로 즐거웠다

골목에서 문득
쥐들이 없어졌지만
그날도 낮엔 나무, 열매를 키웠고
밤엔 가로등, 환히 켜졌다
오렌지들은 골목으로 굴러갔다

쥐들을 마지막으로 본 건

꼬리 잘린 원숭이
햇빛 쏟아지는 날 사막을 걸어가던 쥐들
해질 녘에 모두 선인장 위에 올라가 누워버렸다고
다음 날 일어나지 못한 쥐들
햇볕에 말라붙어 선인장의 꽃이 되었다고
자기 꼬리도 아마 그때쯤 잘린 것 같다고

오렌지 굴러드는 골목에 원숭이가 산다
오렌지빛 꼬리 달린 원숭이

무엇이 너를 메마르게 했는가?

천장에 붙어 있는 　　　　　　　　　　은색의 나방
형광등 옆에서 꼼짝도 않는 등 날개는
발하기를 잊어버린 빛의 흔적이다

형광등 빛을 등에 업고
그림자를 온몸으로 감추고
시간이 가고 가도록
한곳에만 붙어 있는 나방
그림자를 감추고 있는 몸 가장자리엔
더 뚜렷하게 그림자가 만들어진다
그를 에워싼 그림자가
그를 가두고 있다

빛으로 날개를 만들고 날개로 빛을 그리는 너
형광등이 꺼지면
다시 어딘가로 빛을 찾아 날아가버리겠지
그러다 모든 빛이 꺼지면 그저 허공을 떠돌아다니겠지

마른 날갯짓 거듭하다 연기처럼 서서히 부서져버리겠지

아무도 참석하지 않는
화려한 빛의 장례식

내 가슴의 집시

떠돌기를 그친 집시들이
구덩이를 파기 시작했다
도시 곳곳에 구덩이
또 그만큼의 흙더미가 생겼다
구덩이 안팎의 흙은
집시들의 노래로 마를 줄 몰랐다
그것이 즐거워 술을 마셨고
그렇게 배불러 오줌을 눴다
그리고 눈물로 흙을 적셨다

행인들은 구덩이를 건너갔다
좁다란 골목으로
야윈 빌딩 안으로
간혹,
쇼윈도 안에 들어서는 이도 있었다

달리는 버스에 올라타서야
걷기를 멈춘 사람들이 시계를 본다

유리 안에서 다리가 돈다
그들은 시든 얼굴로 말한다
식사 시간이군

사람들은 숟가락을 든 채
시계를 본다
유리 안에서 돌아가는 젓가락
거기 젖은 흙이 붙어
떨어지지 않는다

전파의 제국

너무, 먼지가 쌓여서
그렇게, 땅꾼의 집은
깊어져갔다지

먼지 위에 발을 딛고도, 사람들
빠지지 않았으니
그렇게 점점점점점
가벼워진 거지

너무 깊어, 땅꾼 집은
어둠침침, 아무도 찾지 않는
동굴이 되어갔지

그래저래, 다른 집들 높아져가는데
왜 그렇게 귀가 아픈지
누구도 궁금하지 않았지

마을에서 뱀이 사라진 이후

땅꾼의 행방을 아는 이는 아무도 없었지
먼지 속 깊이, 땅의 온기 있는 곳, 아직
기어다니는 뱀
누군가
보았다 하지
선명하게, 컬러로,
꿈속에서

추(錘)

밥 먹고 똥 싸고 잠자고 남는 시간은

원숭이 발바닥 모자를 쓰고
말 불알주머니 신발을 신고
고양이 수염 엮은 장갑을 끼고
빛나는 도심 속의 창문을 더듬네
덜 마른 원숭이 발바닥이
머리카락 위에서 미끈거리네
말 불알주머니가
발바닥 아래서 끈적거리네
바람만 스쳐도 고양이 수염은
간드러지네

시간이 남으면 잠자고 똥 싸고 밥 먹고

연애편지
—주인님께

어젯밤 내내 비가 왔어요
빗소리와 숨소리가 뒤섞여
귀가 자꾸만 먹먹해졌고요
빗줄기에 부딪히는 날숨들이
허둥대며 가슴으로 돌아 들어왔어요
울컥 쏟아진 붉은 잉크에
편지지는 붉다가 이내 검게 변해갔고요
어둠 속에 묻혀갔어요

아침이 오니
햇빛만 마냥 밝아요
놓여 있던 것들은 모두 하얗다가
이내 떠나버렸고요
책상 위엔 먼지만 들떠 있네요

2. 문밖, 공터

마른 꿈

길바닥에 뚫린 구멍
그 안은 깜빡 잠들 수 있는 곳
물이 흐르는가 싶더니
바람이 지나가고
해바라기가 만발했다가는
어느새 져버렸다
젖은 북어들이 몸을 펄떡거리다
이내 숨죽여 흘러갔다

주머니는 터져 있었다
구슬, 딱지 모두 사라져버리고
십 원짜리 동전 하나 남아 있었다
나는 잠시 머뭇거렸다
왔던 길과 가야 할 길의 중간에 서서
내가 품었던 것들을 그리워했다

오후의 대관람차

관람차가 돈다
돌면 돌수록
그려지는 원이
더 커져간다

제자리에서 커져가는 바퀴
안에서 소리가 돈다
돌면 돌수록
원이
지르는 소리는 더 커져간다

뭉쳐지는 소리와 퍼져가는 소리 사이에서
관람차 안 사람들은
객실 밖을 본다
소리가 착지하는 바로 그 지점에 눈길이 닿으려 한다
그곳이 멀어진다
땅이 멀어졌다 가까워졌다
다시 멀어진다

놀이 공원 입구의 아치를 지나오는 사람들
수가 늘어갈수록
그 수의 점들이 많아질수록
소리의 비등점은 가까워진다
내릴 때가 가까워진다

블랙아웃

....

누군가 램프를 들고 내 곁을 지나갔지만
그의 얼굴은 보이지 않았다
눈을 감고, 살갗의 숨구멍을 열어놓을 때
검은 소가 내게 다가와
싱싱한 어둠의 가죽을 덮어주었다
거친 털들이 내 몸에 쓸릴 때마다
그 순간의 마디마디로
들풀 냄새가 피어났다
그들의 몸짓 가운데
내 몸은 자꾸만 아득해졌다
포근한 이불, 마법의 양탄자, 너무나 익숙한 내 어미의 자궁
끝도 없이 들풀들이 타오르고 은밀하게 어디에선가 젖이 흘러나왔다
내 입술이 자꾸만 젖 냄새 나는 곳을 찾는다
너무나 익숙한 내 몸짓

광장의 모서리

검은 여자가 온다

검지 않은 얼굴 그러나 몸을 둘러싼 모든 것들이
검다
울퉁불퉁한 보도블록 위에서
여행 가방이 지나갈 길을 찾는
그와 여행 가방 앞에서
나는 또 하나의 낯선 보도블록이다

그가 내 앞에서 새로운 길을 찾아 머뭇거릴 때
나의 오랜 근시는
그 얼굴이 여자의 것이 아님을 본다
숨길 수 없는 남자의 윤곽
그리고 한나절 족히 자라났을 텁텁한 수염
뒤따라오는 남자의 손에 쥔 맥주병 속에서
거품은 질식해간다

그는(혹은 그 둘은)

연신 중얼거린다
네덜란드의 남쪽인 이 거리에서
프랑스의 북쪽인 이 거리에서
나는 그가(그들이) 어느 쪽의 말을 하려는지 모른다
나는 그의(그들의) 두꺼운 외투를 열고
안주머니에서 미완의 대사를 꺼내 읽는다

햇볕 쬐던 고양이들이
내 얼굴을 할퀴고 달아나버렸어
햇빛 속에서 서성대는 그림자가
바로 그놈들이야
내 눈에서 실핏줄을 당겨
네 눈에 붙여봐
내 왼쪽 눈에서 네 왼쪽 눈으로
내 오른 눈에서 네 오른 눈으로
넌 내 뒤에 서야지
그래야 꼬이지 않아
눈을 질끈 감고 실핏줄을 붙들어

놓치지 마!

자, 보이지 내가 보는 게 무언지

정오의 교차로

제과점 유리창 안의
집시 여자
오른손을 머리 위로 올려 왼쪽을 향하고
허리를 지나 뻗은 왼손은 오른쪽을 가리킨다
ㄱ, ㄴ
ㄹ
ㄸ
바람개비

건축 공사장 지하 3층 깊이에
코끼리가 간다
진흙에 빠지는 발을 들어 올려
흙벽을 향해 간다
진 땅에서 점점 느려져간다
포클레인도 간다

보도블록 위에
쓰러진 사내

달린다 꿈속에서,
땀으로 온몸을 적신다
바닥에 닿은 입에서 흘러나오는
꿈에서 흘린 땀이
빨간 블록을 적신다
차마 핏빛에 이르지 못하는
그것이
배수구로 흐른다

신호등이 점멸할 새,
튀어 오르는 개새끼들
덩달아 튀는 개벼룩들

그가 씹은 것

씹던 껌이 딱딱해져 이가 되었다
썩어 빠진 앞니 자리에 들어앉았다
비었다 다시 채워진 자리

문 앞의 우유는 없어져버렸다

세면대 안에는
구름만 가득하고
허벅지 뜯겨 나간 돼지는
노래를 씹는다
삼킬 수 없는 것을 씹으며 돼진
그냥,
우물거린다
그냥 저냥 고냥 마냥

고무나무 위에 피어난
노란 풍선들
처럼

그것도 제법
달기는 했다

너의 머리칼이 목에 걸렸어

마녀의 수프 속에서 녹는 머리칼
유리구슬을 더듬는 가느다란 손가락
차가워지는 유리 표면
구슬 위에 날리는 눈발
바람을 후려치며
눈보라 헤치고 오는 너의 머리칼

목구멍이 베였어
핏줄기들이
뱃속으로 흘러들어와

길의 점묘화

고속도로를 달리는 짐차들 비에 녹슬어
허물어진 빈자리로
짐들이 빠져나간다

빠져나온 것들이 뒤차의 바퀴에 눌려
길바닥과 한 몸이 돼간다

고속도로엔
깔려 죽은 짐승들
살은 썩고 뼈는 부서져 바람에 날아가고
눌어붙은 핏자국은
지나는 차들의 그림자보다 흐려지고

탈색

오래도록 피우지 않고 놓아둔 담배
퍼석퍼석 말라 누린내 난다
하얗던 종이 누렇게 변해버렸다

겨울 농장 구석진 창고에
살 오른 포도
천장에 매달려,
배고픈 쥐들
이빨만 간다

햇살 잡고
늘어지는
나의 난쟁이

저녁

이미 아침상을 차려놓고
아낙들은 집 밖으로 흩어졌다
천막에 널어두었던 빨래들은
어디론가 사라져버리고
아이들이 부엉이 눈을 가린다

공터를 지나 나루터를 건너고 모니터 안에서

누군가 벌써
아침을 먹는다

낯선 아침

안개 낀 공터

그늘에 서 있는
당신
차디찬 동상

난쟁이

보따리 짊어지고 산을 넘는 난쟁이
눅눅한 밤공기 마시며 간다
보따리가 어둠에 물들어간다

바위에 걸터앉은 난쟁이
솔잎 새로 비치는 달빛을 볼 때
검은 몸집의 사내들이 지나쳐 간다

난쟁이의 낮은 목소리
땅 위에 내려앉는다
아직은 길을 잃지 않았군

가습기(加濕期)

냉장고에 넣어둔 밀가루 반죽에서 진물이 흐른다
오븐 속엔… 부풀지도 않을, 그래서 더 푸른 곰팡이
진흙 속으로 깊이 빠져드는 발바닥

황토(荒土)

지친 바람은 사막으로 가서 죽어버린다
바람의 묘비는 소리로 서 있다
막힌 곳 없는 무한한 길들의 땅에서 너는 무엇을 택할 것이냐

걸어라
무릎에서 모래가 흘러나오다 어느덧 네 온몸이 모래가 되어
언덕을 뒤덮어버릴 때까지
그때까지는 아픔을 말하지 말라
산산이 부서져 모래뿐인 이곳에서 너보다 더 아프지 않은 것들 없으니

공중의 자궁 1
—투명한 낙서

X가 물속으로 뛰어든 건 정오가 되기 전의 일이다

정오는 태양의 위치에 따름이다 발전소는 연기
를 내고 연기는 하늘로 오른다 빛나는 태양이 검
고 흐린 연기를 비춘다 햇빛이 땅에 도달하는 동
안 목뼈는 점점 어긋난다

물에 빠질 때 X의 몸은 직각이 아니었다 물은 많이
튀었지만 흔적은 남지 않았다

웅크린 몸은 회귀를 위한 몸짓이다 어미의 몸은
이미 늙어 시궁창이 되었으므로 그는 썩을 세상
으로 간다 공중에 내던져진 몸은 거대한 중력에
안긴다 그제서야 그는 땅의 포용력을 느낀다

X의 마지막을 목격한 누군가는 아무에게도 그 사
실을 알리지 않는다

그 누군가는 이름을 불리길 거부한다 이름도 얼
굴도 모르는 X의 실종이 자꾸 다른 실종을 부르
기 때문이다 X가 뚫고 들어간 지점은 이미 흘러
가버렸고 물비늘만이 곳곳에 X표를 한다

X가 뛰어내린 자리는 다리 가운데 혹은 그 언저리

쯤이다

강의 한가운데와 강기슭의 중간이 좌표 속에서
표류한다 X는 이미 실종되었고 W는 그가 보았
던 것이 기억인지 환상인지 알 수가 없다 만약
환상이 끼어들었다면 언제부터였는지도 알 수가
없다 집으로 돌아가려 해도 길이 보이지 않는다

공중의 자궁 2
—육지 생물

ㄱ ㅓ ㅂ ㅜ ㄱ ㅇ ㅣ
가 기 어 간 다
바 다 로 간 다
아 직 도무르 기만한 알을놔두 고
파도 아 래 로들 어간 다
파도아래롬러들어막넌
파도머랭롤3들어갇ㅇ ㄴ
다포돌앙로들어간다
거 북 이들 어간자 리
거 품이 부 글ㄹ ㄹ 부그르를ㄹ

끝간 데 없이 온통
물이다
물가에 서서,
거북이가 지나간
자리에서,
파도를 본다
이대로 있으면 언젠가

바다 속에 있을 것이다
수영하는 법을 강에서 배운 나는
맞은편의 물가가 보이지 않는
바다에 들어가는 걸 주저한다
내 얕은 믿음은
나의 몸이 빠르게 진화해도
아가미를 만들어주진 않을 것이라 생각한다
거북이가 다시 나올 땔
기다리는 수밖이다

개 꼬리, 죽어버린 횃불

어두운 골목 끝에
개 한 마리
곁에 머무는 것 없이 모두 지나버리고
달빛 한 가닥이 몸에 닿자
바르르 몸서리를 친다
온몸 가득 햇빛을 받던 것도 오늘이었는데
지금은 춥고 외로움

헐떡이는 개
눈물로 말한다
내 혀를 빛으로 적셔줘

시옷

이
책의
좌우 면을 번갈아
보시오

그들이 이루는 각이 45도가 되도록
벌리시오
좌우 면이 함께 바닥을 보도록
책을
돌리시오

책의 면면들이 모여 만든
어깨
ㅅ

그 사이에 코를
끼우시오

숨을

쉬시오

책장 사이에 모인 공기를

맡으시오

그들이 머릿속에서 자알 퍼지는지를

느끼시오

다시 숨을

쉬시오

천천히

면 위의 글자들을

빨아들이시오

책 아래

당신의 다리를

벌리시오

책의 ㅅ이

당신 다리와 마주 보도록

마름모꼴을 만드시오
다리 사이가 뜨거워질 때까지
숨 쉬길 거듭하시오

3. 바닥의 얼룩

물살의 무늬

새들이 가지에 내려 날개를 털 때
골목 구석에 이끼와 함께 앉아 있던 것
후다닥
털 많은 짐승에게 달려들어
가죽 벗겨 달아난다
담벼락에 소름이 돋는다

긴 이빨을 가진 짐승들이 발굽 소리를 내며 오다
바다로 들어가 빠져버린다
피를 빨아들이는 산호초

바다 아래로 가라앉은
짐승들의 뼈가 얽혀
작은 물고기들의 집이 된다

나무를 오르는 도마뱀과
—더운 바람과, 수직으로 선 나와

뜨거운 가슴에서 수증기가 피어
잎을 흔들다
더운 바람 속에서
뭉치는 털씨들
그들의 수상한 속삭임에
도마뱀의 발이 빠르다

내 몸이 닿은 곳은 아프리카
짐은 아직 도착하지 않았다
가야 할 곳들을 두고
아직 오지 않은 것들을 기다리는 나
아무것도 들지 않고 오히려 무거운 팔들

이곳의 도마뱀은 몸집이 크다
뜨거운 공기는
그 넓은 표피만큼 더 많이
그들의 몸을 스친다
그들을 지난 공기가 내 몸을 핥는다

그들의 혀가 바람 속에 숨어들었다

까만 얼굴을 가진 이들이
누런 내 얼굴을 보고 웃는다
나는 어제 파리에서
또 어제 홍콩에서
그전에 두바이에서
도마뱀들을 보았다
아주 잠깐씩 그들은 내 곁을 지났고
오늘도 자기들만의 길을 간다
잔디와 황토와 나무껍질을 지나
내가 가지 않은 길을 간다
나는 그들의 빠른 걸음을
그리고 뒷모습의 잔영을 본다

가슴에 차오르는
습한 공기
도마뱀들의 혀 자국을 따라
땀이 흐른다

유목(遊牧)

창문, 밖에
타오르는 신전,
햇빛과 함께
뜨거운 아궁이,
연기는 피어나
어딘가로 뻗은 골목길,
마을을 떠나고

양 떼를 끌고
초지를 찾아 떠나는 자
낯설고 거친 바람 속에서
움트는 싹의 기운을 느끼는 자
뱃속에 그 땅의 씨앗을 주워 담은
어여쁜 양 떼를 이끌고
기쁘게 집으로 돌아오는 자
(아니, 돌아올 곳이 있다는 것은!)

손아귀에 단도를 움켜쥐고

하늘을 바라보는 자
때 묻은 하얀 털 위로 흐르는 피
땅에 떨어질 때
심장의 박동에 맞춰
노래를 부르는 자
빛과 바람과 비의 기록을
꺼내어 읽는 자
(아니, 경의를 위한 잔혹, 아름다운 제(祭)!)

그 값진 살과
아픔과 기쁨과
바위와 먼지와……
갖은 양념으로
불을 피우는 자
(아니, 모든 풍만한 것들의 온기가 피부에 스미다!)

햇볕에 널어둔 가죽에서
비린 피 냄새가 흐려질 때쯤

양 떼를 끌고
어딘가 사막을 지나는 자
(아니, 떠날 곳이 있다는 것은!)

다문 입

그칠 줄 모르는 비와,
지워지는 발자국과,
고이는 물과,
몸
안에서 길 잃은 숨
흐려지는 가슴
스며드는 어둠

그래서, 차마 깨우지 못하는 말들
몸 안에 맺히는 이슬들

안개의 이유
—팔레스타인

타버렸다
동이 터올 때까지
숨죽여 눈물 흘리듯
하염없이 타들어갔다
꾸역꾸역 참은 눈물이
온몸을 가득
습기로 채워
오히려
아무것도 남기지 않았을 때
해가 오르고
죽어버린 나뭇가지처럼
재도 피어올랐다

습한 땅 위에 엎드려 흐느끼는
여린 것들의 뒷모습이
보일 즈음
밀려들고 있는
안개가
있었다

잿빛으로 내려 깔리는
만큼
자꾸 무거워지는 숨이
힘에 겨웠다

폐허
한가운데 서서
해진 지 오랜 후의
깊어져만 가는 밤보다
더 어둡고 눅진한
아침을 마셨다
내 몸을 둘러싼 모든 것들이
자꾸만
아
득
해
졌
다

웨스트 뱅크

그는, 무슬림이다
　　, 술을 마신다
　　, 담배를 피운다
　　, 태어날 때부터 무슬림이다
　　, 아버지가 마시지 않았던 술을 마신다
　　, 아랍어로 인쇄된 프랑스 담배를 피운다

그는
낙타다
그는
물을 마신다
그는
거친 숨을 뱉는다

거친 숨과 물과 낙타와
모래에 끌리는 고삐와
발자국도 없이 사라진 주인과
신기루로만 가끔 드러나는 오아시스와

목을 자를 듯 다가왔다가 멀어지는
무딘 칼날의 지평선과
끝없이 되살아나는 밤과 아침과

....

메카와 예루살렘의 사이에서
자유로 위장된 것들의 일말조차도
사치스런 그곳에서
그래도,
어딘가에 그늘이 있다는 게
고마운 그가
거칠게 숨을 몰아쉬던 그가
입술 끝을 올린다
깨진 창문 틈으로 햇빛이 들어온다
그의 입가에 묻어 있는 빵가루만큼

카렌의 땅

이른 아침부터 총성이 푸르다
누군가의 죽음이
내
곁에서 명료하다

총에 아비를 잃은 아이들이
총을 가지고 논다
복수는 훌륭한
놀이의 목적
닭 모가지 비틀면서
아비의 죽음을
삼킨다
질긴 힘줄과 구린 내장을 씹으며
배신과 모욕을
삼킨다

해가 저물 때마다
비가 내린다

그 많은 빗줄기들도 하나씩 소리를 내는데
너무 빨리 식어버린 몸뚱이는
아무 소리도 내지 못한다

굽은 등

1

마을 입구에 쌓인 흙벽돌
부수다 오르다, 지친 아이들
길바닥에 잠들어 있다
아이들 입에
흙먼지의 소용돌이 인다
그새, 마을에 들어서는
늙은 개들의 묘지

2

내 거친 살갗 위에 야자수가 자란다
등가죽을 밟고, 낙타가 온다

낙타를 몰고 떠나가는 길
노을이 지고 비가 내린다

포도주로 젖어가는 낙타의 몸
나는 낙타를 마신다

3

묘지에 늘어선 어린 야자수

적도

삼십팔 도
내 체온과 같은
공기 속에서
몸 안의 물방울들이 고개를 내민다
마른 땅
말라가는 씨앗들이 비를 기다린다
　　　　목구멍이 갈라져간다
몸 안의 물방울들 서서히
공기 속으로 스며들고
내 몸은 빈자리를 채울 뭔가에 어수선하다
　　　　뜨거운 바람 속에 떠오르는 물방울들이
　　　　끊어지지 않는 비명을 지른다
　　　　기쁨인지 고통인지
　　　　햇빛이 너무 밝아 난 알 수가 없다
물방울이 떠나버린 땅은
빼곡한 모래알들로 퍼석거린다
질퍽거리던 그제는 너무 엉겼고
오늘은 또 너무 가볍게 떠도는 것들

밝게 타는 태양 아래서
내 몸은 더 빛나는데
들고 나는 물방울과 또 공기 방울과
가슴속의 무언가 모를 온갖 방울들이
늘 만나고 또 만나는데
내 몸보다 이 공기가 더 뜨거운 것도 아
닌데
몸은 점점 더 뜨거워진다

낯선 얼굴을 보라

식탁에 둘러앉은 이방인들
당신에게 아침 인사를 한다
수갑처럼 악수가 채워지는 사이
해는 기울었고
당신의 자리는 없다
머뭇거리고 서 있는, 당신
뭐라 말할 것인가

경비행기 프로펠러에 매달려 있는 그들
……의 신발끈을 붙들고
여행에 나서는, 당신
어느새 이방인들의 일행이 되었으니
이제 무얼 따를 것인가

함께 다다른 마을
높은 담을 돌아 뒤뜰에 가면
다리 하나씩 바꿔 붙이고 뜀박질하는 사람들
그들 속에 섞여버린 당신의 얼굴에

모래 덮인다

고개 돌려 찾은
거울 속에 당신은 없고
낯선 얼굴들
등 비비며 춤추고 있다

강물에 씻기는 얼굴

너의 말라 비틀어진 살을 내가 핥겠다

아픈 쥐새끼들이여 찍찍거려라
개들의 사타구니에 들어가 헐떡거려라
솟구치는 발정에 겨워
몽정을 반복하다 죽어버려라

마른 목줄기 갈라 끊어지도록
고개를 곧추세워라

내 검고 긴 혀는
뿌리 깊은 물풀이니
너의 거친 얼굴 위로 다가가고 있으니

교통빈관(交通賓館)

내가 자는 방은
개구리가 가는 길과
도마뱀이 가는 길의
가운데

나는 침대 위에서
개구리는 욕조 밑에서
도마뱀은 그늘진 벽에서
꿈을 꾼다

내가 꾸는 꿈은
개구리의 꿈과
도마뱀의 꿈이
만나고 어긋나는 길 위의
이파리 무성한
나무 한 그루

모바일 캡슐

객차 안에 들어선 그가
마른 눈을 비빈다
사람들과 그 사이에
투명한 막을 펼치고
온몸을 둘러싼다
몸 밖으로 뻗은 안테나들을 접어 들인다
어느새 그는
캡슐 안에서 눈 감고
탯줄을 빤다

지금 나의 시간은 플라스틱 빨대 같아요
비어 있는 빨대 속을 미지의 주스로 채워야 하거든요
알진 못하지만 그렇다고 낯설지도 않아요
어디선가 본 듯한 것들뿐이죠
어쩌면 예고편이었는지도 몰라요

성긴 털로 뒤덮인 고릴라 한 마리,
그을린 채 잘려나간 손가락 마디

힘없이 늘어진 양식 새우 수만 마리,
지나치게 쭉쭉 뻗은 수염들
지뢰밭에 들어선 코끼리들의 뒷다리,
주름을 타고 기어오르는 붉은 개미들
칼에 베인 양귀비 열매 수천만 개,
상처를 헤집고 나오는 하얀 핏발들
말라버린 아랄 해 바닥에 꽂힌 생선 가시들,
스스로 묘비들
지천으로 밟히는 것들
그저 한없이 날카로운 것들

자꾸 배가 고픈 것 같은데
머리가 아픈 것도 같은데
똥구멍이 막힌 것도 같은데

여기저기 공사장 웅덩이 안에는
누군가 버린 빨대들
그 아래, 또 누군가 게워낸

탯줄 혹은 곱창,

을 타고 오르는 엘리베이터

올라가도 가도 하늘은 가까워지지 않고

하염없이 땅에서만 멀어지는데

얼룩 나무 잎사귀

너무 멀고 높은 하늘을 향해
눈도 가슴도 열 수 없는 나무
얼룩져간다
떨어내기엔 너무 많은 잎사귀들의
고달픈 광합성

평평한 땅 위의 미세한 굴곡만큼
지상에 놓인 모든 것들의 떨림만큼
바람에 흔들리는 나뭇가지
부름켜를 타고 번지는
얼룩의 기억들

얼룩얼룩
그러나
파릇하게 돋아나는 잎사귀

모반(謀叛)

남아 있는 것들의
차오름

하얀 여백
의
지치지 않는 현기증

4. 쭉 곧은 기둥

그 마을의 햇빛

검게 물들인 옷을 입고
영하의 온도계를 걸어 내려가는 사람들
얼음을 캐러
개울가로 간다

깨놓은 얼음 속에는
냉동 보관된 그들의 얼굴

태양은 빛을 내고
나무는 뿌리를 뻗고
흐르던 물은 얼음에 엉겨 붙는다

얼음 판을 손에 쥐고
얼음 속 자신의 표정으로 웃는 사람들

초록색 깃털

구겨진 셔츠가 왜 그리 아파 보이는가
담배 연기 속에서 숨 쉬는 나의,
신발은 어디에 있는가
나는 왜 여기서 졸고 있는가
졸고 있으면서도 왜 떠돌기만 하는가

주전자의 물이 끓는다
하얗게 뿜어져 나오는 증기,
기관차
내 가슴을 뚫고 지나가
깃털로 뒤덮인 새들의 숲에 이른다
숲에는
초록 깃털을 가진 새들이
땅에 부리를 박은 채 자라나 있고,
몸통에 앉은 작은 새들은
깃털 나무의 깊이를 잰다

피 묻은 부리가
내 가슴을 파고든다

변태(變態)

몸 누일 곳을 찾아 떠돌던 사내
딱딱한 땅을 피해 모래 더미로 기어오른다
꼭대기에 이르러 힘없이 고꾸라진 그는
서서히 모래 속에 파묻혀가는 자신을 꿈꾸려 한다
허나, 눈 감은 그 안에는 바람만 날릴 뿐
모래바람
속에서 날아오는 죽창을 보며 돌아서려는 순간
죽창은 이미 목구멍을 지나 똥구멍까지 관통해버린다
경련을 하며 일어나 토악질한다
밤이 새도록 몸 안의 것들을 쏟아낸 뒤에
배설물에 머리를 박고 겨우 숨 쉰다
그의 거칠고 더러운 머릿결에도
아침이 온다
땀이 솟듯 이슬이 맺혀 그의 몸을 적신다

어느 개인 날

벽을 오르는 빗방울

햇살에 찔려
몸이 터진다

하늘을
난다

빈자리

머리 위에 떨어지는 먼지
털어버리지 못했다
머리칼,
말미잘처럼
먼지를 먹었고
먼지들,
뱃속에서 곰팡이처럼 자라나
불거져갔다
깊은 뱃속에서 올라오는 먼지 덩이
가슴을 채워
그렇게 푸석푸석 삭아버렸다

짧은 부리 가진 새들,
날개의 자리가
휑한데

거기 휑한 자리
날개보다 가벼운
잎이 돋는다

나는 공이었다

그때 나는 가벼운 공이었다
어디로든 굴러갈 수 있고
언제든 터져버릴 수 있는

먼지 덩이 굴러 굴러
구석에 박혀버렸다
거기서 썩어
이끼의 밥이 됐다

가을 겨울이 갔다
몸에서 바람이 빠지고 대신
거친 껍질을 가진 나무가 자랐다
가지의 일부는 사슴뿔이었다

아내의 배가 둥글어진다

낯익은 그림

그렇게
쳐다보지 마세요

그러다
당신의 맘속에
자리를 틀겠어요

토끼의 긴 귀가 가슴을

품 안에 토끼 한 마리
가슴이, 따뜻하다

침대에 누운 당신의 눈 속에 토끼들이 스쳐가는 옆
모습이 보이고서야
토끼들이 도망쳤음을 안다
그러나 아무도 토끼가 어디로 갔는지 모른다
어디서 왔는지 아는 사람은 더더욱 없고
토끼의 신화를 캐들어가는 사람들은 더더더 없다

아무 때나 들락날락
오로지 당신만의 토끼
긴 귀를 구부린다

당나귀가 가는 길

이슬이 내려오는 숲을
걷는다
등에는 주인의 따뜻한 몸을 지고
한 나무를 지나면 또 한 나무가 있는
길을 걷는다

주인은 길을 재촉하지 않는다
하늘도 보고 땅도 보고
당나귀 엉덩이도 두드리면서
나무들을 향해 노래를 부른다

당나귀가 멈춰 서서
숲의 향기를 맡으면
주인은 나뭇가지에 손을 뻗어 열매를 딴다

사랑이 익다

꽃들은 수증기처럼 피어올랐다 땅속으로 스며들어
버리고
우린 아늑한 저녁을 위해 무작정 길을 걸었다

들개

야생 잡것 떠돌이
뭐라도 좋지

산 넘고 황얄 돌다
목마른 나무에 물 주기도 하지
기쁨에 취해 다리도 떨지

배 채우고 남는 건 바라지 않아
먹일 찾아 다시 떠나는 게
더 여유롭지
배가 더 신나게 울면
그 소리에 맞춰 달리기도 하지
그게 내게 기쁜 주름을 주지

눈병

꽃가루가 날린다
눈알이 새빨갛게
물들었다

개천가에 흐드러지게 핀 꽃들이
자꾸만 눈에 차올라
기어코 한 송이 꺾어 들었던 것이야
도둑질하는 녀석처럼 날래게
잡아챘던 것이야
들고 보니
마냥 허허로운 것이야
바람에 살랑살랑 흔들렸던 몸이
줄기가 잘리고 나니
꿈쩍도 않는 것이야
바람도 자취를 감춰버린 것이야
슬그머니 차창 밖으로 흘려버리고 보니
그때서야 비로소 후회스런 것이야
내 뜰 안의 풀꽃들이 문득

가슴 한 켠에서 가려워지는 것이야
몸 안 가득한 꽃병들이
밑 빠진 그것들이
자꾸만 부끄러워지는 것이야
그러면서도 자꾸만
개천가의 꽃들이 다시
눈에 차오르는 것이야
오늘따라
바람이 너무 부드러운 것이야

Café Ideal

내가 돌아가야 할 곳은 저 빌딩 숲 안의
작은 방
그 멀고 흐릿한 곳이 아니라
녹슬고 찌그러진 표지판에서 하얗게 빛나는
작은 구멍들이다
뒤편에 빌딩 숲의 그림자를 두고도
태연히 빛을 빨아들이는 구멍
빛나는 구멍

카페 테이블 위에 햇빛이 쏟아져 들어왔다
고개를 돌려 바라본 입구는
방파제에 부딪치는 파도와 함께 넘쳐나고 있었다
보도 위의 사람들과
차 안의 사람들과
해변가의 사람들과
바다 건너 빌딩 숲의 사람들……
햇빛이 닿는 곳마다 사람들이 생겨났다

그 그림 속에서 가장 굳게 자리잡고 있는 건
문 앞에 서 있는 표지판이었다
담겨 있던 그림도 글자들도 모두 녹슬어버려
그저 햇빛을 등지고 우뚝 서 있는 표지판
거기 작은 구멍들이 빛나고 있었다

저물어가는 햇빛은 더 강렬하게 빛나고
아무런 표지도 없는 표지판은 오히려 더 꿋꿋했다

|해설|

빛의 여행자

허 윤 진

빛 속의 날개

태초에 빛이 있었다. 구도자는 빛을 좇으면서 길 위의 삶을 시작한다. 시인이 추구하는 빛은 그의 전인격을 지배하는, 광휘의 압도적인 임재가 아니다. 그에게 빛은 작은 틈으로 오는 것이다. 그리고 그 틈은 추상적이거나 희미하지 않다. "찌그러진 표지판"에 있는 "작은 구멍들"(「Café Ideal」)처럼 구체적이다. 이 구멍들은 생(生)에 발사된 크고 작은 총알들이 남긴 영광스러운 탄흔들은 아닐까. 비워짐으로써 충만해진다는 진실을 알려주는 이 공간은 우리 생애의 궁극적인 지향점이 될 수밖에 없지 않을까.

그래서 "빛나는 구멍"은 그와 당신과 나의 이상향. 세계의 구조를 꿰뚫어 보는 시인의 건축적인 비전은 일본의 세계적인 건축가 안도 타다오가 오사카의 '빛의 교회'에서 선보인 세계관과 공명한다. 우리는 비우기 위해서 비우는 것이 아니라 결국 채워지기 위해서 비운다. 공(空)의 뒤편에서 강력하게 흘러들어오는 빛의 파도는 우리를 숨이 멎을 때까지 이곳에서 항해하게 하는 불굴의 원동력이 된다.

빛은 언제 어디서나 우리를 비추고 있지만 우리는 때로 빛을 볼 수 없는 자들처럼 행동한다. 양의 주광성을 띤 우리를 방해하는 것들은 무엇인가? 우리를 본질에서 멀어지게 하는 것은 무엇인가? 우리가 속해 있는 사회에서 적을 찾자면, 그중의 하나는 바로 건축이 아닌 건설의 욕망이다. 건설이라는 단어에는 건축이 환기하는 세계관과 미적 비전이 부재한다. 건설이 지상 최대의 과제인 자들은 코카인이나 헤로인 대신 시멘트에 중독되어 있다. 그들은 쾌락을 위해 더 많은 시멘트와 더 많은 철골 구조를 원한다. 이 '시멘트 신드롬'은 시멘트의 도시인 서울을 넘어서 지도의 곳곳으로 스며들고 있다. 우리는 시멘트 벽에 둘러싸여 살아가다가 죽는다. 지금 여기에서 우리가 빛과 물과 흙에서 분리된 매우 불건강한 삶을 살고 있다는 것을 인식하기란 쉽지 않다.

「양생하는 건물」은 그래서 매우 반어적인 문명 비판이 된다. 우리가 콘크리트 건물 안에서 밖으로 나가려는 의지를 잃는 것은 그 안에 인공조명이 있기 때문이다. 빛을 흉내 낸 거짓 자연이 "햇빛보다 더 밝고 편안하게 느껴졌으므로

/아무도 햇빛을 찾으려 하지 않"는 것이다. 우리를 살리고 고양시키는 빛과 달리 인공조명은 생을 사막화할 뿐이다.

전기를 이용한 빛은 문명 수준을 판가름하는 척도가 된다. 그러나 광해(光害)에 시달리면서 인간도 자연도 생명의 리듬을 잃고 비정상적인 상태에 처했다. 깊은 휴식을 위해 주어진 밤이 실종되면서 우리는 좀더 많은 일을 하고 좀더 많은 돈을 손에 쥐었을지는 모르겠으나 대신 회복의 잠을 잃었다. 인공조명 아래서 우리는 사막화된 삶을 "보습제"로 보수하며 미라가 되어간다. 생명의 빛을 빼앗고 상향식의 욕망을 주입하는 거짓 '양생(養生)'의 신화는 오늘도 콘크리트 성전에서 유포되는 중이다.

건설지상주의자들의 세계에서는 고고익선(高高益善)이다. 우리가 생명의 터전인 땅에서 멀어져 '공중으로 쏘아올린 작은 공'이 될 때 그들은 박수갈채를 보낸다. 내가 남들보다 더 위로, 더 높은 곳으로 올라가야 한다는 욕망은 현대판 바벨탑으로 나타난다. 나무도 새도 창밖으로 볼 수 없고 창문도 제대로 열어놓을 수 없는 방들이 허공에 아슬아슬하게 떠 있다. 사람들은 그 방들을 '전망 좋은 방'이라고 말한다. 하지만 그 방들에서 우리의 삶을 제대로 바라보기란 여간 어려운 일이 아니다. 그 방에서 보는 우리는 있어도 없어도 좋을 점 하나일 뿐이다. "30층 거기면/뵈는 게 없을"(「전망 좋은 방」)것이다. 우리는 높아질수록 인간적인 삶과 겸손하고 넉넉한 대지에서 멀어진다. 우리는 낮은 데로 내려가서야 퇴락하고 신산스러운 인간의 삶을 만날 수 있다.

근대 도시 문명 속의 삶이 부자연스럽다는 사실을 문명 내부에서 깨닫기란 쉽지 않다. 잿빛의 공동묘지 바깥으로 나와서 나와 완전히 다른 방식으로 살고 있는 타인들을 만날 때에만 어찌할 수 없는 내 근대적 생활 방식을 반성할 수 있다. 흙에서 자라 마치 풀처럼 나무처럼 "실뿌리"로 대지와 소통하는 검붉은 인디언 사내의 얼굴 앞에 선 순간, 우리가 "콘크리트 인큐베이터"(「검고도 붉은 인디언 사내」)에서 나고 자란 창백한 '백인'이라는 사실을 깨닫게 된다. "별빛 아래 불 켜고/하늘 보는 자"와 "마주 앉아 얘기를 나누"는 순간, "햇빛 아래 불 켜고/TV 보는 자"(「스타워즈」)는 자신이 인공의 빛을 가까이 하면서 자연에서 얼마나 빠른 속도로 멀어져 왔는지를 비로소 돌아보게 된다.

우리는 빛에서 멀리 떨어진 채로, 어둠 속의 인공조명을 빛으로 착각하며 살아왔다. 우리의 눈을 가려왔던 콘크리트의 사면초가(四面楚歌)가 희미해질 때, 우리는 진정한 빛에 익숙하지 않은 눈을 깜박이며 우리가 왔으며 돌아갈 곳을 바라본다. 다시 만난 빛 속에서 살아가기 위해서는 놀라운 변신의 과정이 필요하다. 비가 그친 후 습기가 증발하는 과정을 통해 시인이 빛과 생명의 관계를 꿰뚫어 보는 감각적인 시편 「어느 개인 날」을 보자. 마치 작은 하나의 생명체 같은 빗방울은 사랑스럽기까지 하다. 빗방울은 아픔을 겪는다. 햇살이 날카로운 물체처럼 그것에게 관통상을 입히므로, 빗방울은 형체의 경계를 잃고 잘게 부서졌을 것이다. 놀라운 것은 이 간결하고도 강력한 아픔 덕분에 빗방울을 위한 비상의 순간이 찾아온다는 점이다. "하늘을/난다"고 표현되었을 때 빗방울이 느끼는 자유로움은 고스란히 전달된다. 존재의 무게로부터 자유로워지고 그리하여 초월과 고양의 즐거움을 맛보기 위해서, 우리는 고집스럽게 붙들고 있던 자아의 허울을 빛의 힘으로 너울처럼 찢어야 한다. 곧 고통을 상쇄할 만한 지고의 기쁨이 우리에게 찾아오리라. 몸집을 불림으로써 피라미드의 꼭대기에 군림하려는 건설지상주의자들은 몸집을 부숨으로써 저 높은 곳으로 가볍게 날아가는 빗방울들을 결코 이길 수 없다.

존재의 응집력을 약하게 만들어 우리의 몸과 마음을 한없이 자유롭게 만드는 빛. 그에게는 날개가 두 쌍 있다. 새의 날개와 나방의 날개. 그는 새의 날개를 입고 다니기에는 무척 겸손하여, 나방의 날개를 입고 빛 속으로 뛰어든다(「무엇이 너를 메마르게 했는가」).

사막으로의 여로

증발은 그에게 이중적인 의미를 지닌다. 아니, 증발의

속성 자체가 이중적인지도 모른다. 존재의 위상을 바꾸기 위해서는 익숙한 것들과 결별하고 자발적인 실종을 거쳐야만 하는 것이다. 이것이 빛을 좇아 길을 떠나는 그의 숙명. 애초에 그는 자신의 운명을 깊이 예감하고 있었다.

첫번째 시집 『개들의 예감』(문학과지성사, 1997)에서 숨을 헐떡이는 들개의 이미지는 마치 그의 자화상처럼 느껴진다. 13년의 시간 동안 그는 자신이 몰아쉬고 있는 가쁜 숨의 정체에 대해서 많은 생각을 해보았을 것이다. 그는 13년 전, 길과 길 사이에서 조용히 흔들리고 있었다. "깡마른 어둠을 싸안고 죽음 곁에서 졸고 있는 내가/날 수 있을까/그 물, 그물 같은/많은 이의 입김으로/눅눅해진 깃털/언제쯤이면 날 수 있을까"(「구덩이」, 『개들의 예감』). 그는 타인들의 중력으로 말미암아 끝없이 심연으로 추락했고 가슴에 어두운 구덩이가 파이곤 했었다. 마음속의 조도(照度)는 현재진행형으로 낮아지고 있었다.

그의 머릿속은 존재의 속박으로부터 자유로워지고 싶다는 의지로 가득 차서, 마치 깃털을 채운 베개 같기도 했다. 허나 그 의지는 욕망과 의무감 사이 피 튀기는 긴장의 산물이었으며, 실행에 옮겨지지 않은 채로 오래 묵은 것이었기에, 그의 머릿속 깃털은 "썩어 문드러져" 있곤 했다(「구겨진 종이」, 「지친 새들의 침실」, 『개들의 예감』). 그래서 그의 들숨 날숨에는 말 못 할 고민의 악취가 섞여들었을 것이다. 고민의 저수지에서 익사해가던 그는 길을 떠남으로써 호흡곤란 상태에서 벗어났다. 낯선 곳에서 길을 물을 때 그는 비로소 그다워졌고, 제대로 숨을 쉴 수 있게 되었다(「공감대」, 「깊이 숨쉬다」, 『개들의 예감』).

두번째 시집 『비탈의 사과』의 첫번째 시에서 시인이 "스스로 멎어 있음은 혼돈을 부르는 것이 아닌가,/나무들이 흔들렸다"(「늪의 입구」)고 진술할 때, 우리는 증발과 이동의 기미를 다시 한 번 감지한다. 그에게 있어 길을 떠난다는 것은 소박한 여행이나 유람의 차원이 아니다. 존재의 경도와 위도가 끊임 없이 변화하는 실존적인 길 찾기의 문제이다. 이번 시집에서 인간이 길 위의 존재이며 길〔道〕을 찾는 존재라는 진실은 분명해 보인다.

『비탈의 사과』에서 길의 상상력은 내면화, 구체화되어 있다. 그의 몸 밖에 나 있는 길은 '밧줄'(「새벽 세 시의 자명종」)이라든가 '죽창'(「변태(變態)」), '빨대' '탯줄' '곱창'(「모바일 캡슐」) 등 몸과 접속 가능한 물체들로 변주된다. 자신 안에 갇히는 존재론적 폐소공포증을 극복하기 위한 몸부림은 상당히 격렬하다. 모두가 잠든 밤, 그는 길을 떠날 채비를 한다. 여행 중에 도망가지 못하도록 자신을 유랑의 운명에 단단히 묶어두기 위해서인가. "눈을 감고 그는 고통스럽게 밧줄을 게워낸다"(「새벽 세 시의 자명종」). 밧줄은 그의 앞에 마치 레드 카펫처럼 펼쳐져 있을지도 모르고, 그 자신으로 변신해버렸는지도 모른다. 밧줄이 빠져나오면서 그에게는 또 얼마나 쓰라린 상처가 남았을 것인가.

길 밖에서 또 다른 길을 찾는 여정은 결코 낭만적이지만은 않아서, 그는 존재의 꾸덕꾸덕한 습기를 말리는 데는 성공하지만 일상의 부자유를 압도하는 고통스러운 경험을 피해 가지는 못한다. 인간이 자신과 독대(獨對)하기 위해서는 모든 것이 부재하여 어떤 것도 의지할 수 없는 광야로 나아가야 한다. 그가 암흑 속에서 빛을 붙들려 하는 이상, 발을 질질 끌며 방황할지언정 결코 땅 위로 처참하게 무너져 내리지는 않을 것이다.

「변태(變態)」는 근본적인 변화를 경험하기 위해서 광야 속의 인간이 거쳐야 하는 지독한 비움의 과정을 보여준다. 더 이상 검은 대지의 중력에 붙들리기를 원하지 않는 시 속의 사내는 "딱딱한 땅을 피해 모래 더미로 기어오른다." 그가 원하는 것은 모래바람 속에서 사라져가는 것이다. 그는 자신이 처해 있는 삶의 조건 속에서 온갖 것들과 끝까지 싸워야 한다. 내면의 길인지 외부의 공격인지는 분명하지 않으나, 그를 괴롭게 하는 것이 죽창으로 형상화되어 그를 깊숙이 관통한다. 그는 우리가 익숙한 물을 떠나서 겪게 되는 물갈이를, 피갈이의 수준으로 겪고 있는 모양이다. 이제껏 그의 속 '안'에 있던 것들과 생리적으로 결별하고 나서야 그는 비로소 삶의 정결한 노고를 "이슬"이라는 결정(結晶)의 형태로 만난다.

사막의 지평선 속에서 안팎으로 맨몸인 존재가 되면서

사내는 비로소 자신에게 주어진 운명의 몫을 직시하고 받아들이게 된다. 빛 속에서 존재의 영원한 갈증에 시달리며 세계의 생명력을 갈구하는 것, 그것이 길 위에서 비틀거리는 그의 사명이다. 「황토(荒土)」는 그래서 그의 진정한 독립선언문처럼 읽힌다. 그는 소리의 벽, 바람의 벽조차 존재하지 않는 광막한 자유의 땅에서 자신의 길을 택해야 한다. 콘크리트 도시에서 우리에게 주어진 자유처럼 보이는 것은 사실 얼마나 제한적인가. 무한한 가능성 앞에 선 그는 진정한 성인(成人)이 되기 위해 '걷다'라는 동사를 택한다. 그는 이인칭으로 표현된 자신에게 명령한다. "걸어라."

광야를 걷는 인간은 자신의 가장 원초적인 모습, 가장 근본적인 모습을 보게 되고, 자신과의 독대는 성숙한 윤리적 지평으로 확장된다. 무릎뼈가 으스러져 모래가 되는 듯한 고통, 온몸의 수분이 증발되어 모래 인간이 되는 듯한 고통을 겪게 되더라도, 아픔에 대해 함구해야 한다. 그것이 자연의 압도적인 힘 앞에서 연약한 몸으로 살아가고 있는 수많은 존재들에 대한 예의이므로.

빛의 길을 따라가는 사막 여행길에서 그는 문명의 과보호를 받아온 근대인의 엄살을 떨쳐내고 있다. 실존의 강렬한 정수를 맛본 그에게 서울로 가는 길이 더 이상 어떤 의미를 가질 수 있을까. "집으로 돌아가려 해도 길이 보이지 않는다"(「공중의 자궁 1— 투명한 낙서」).

습지의 남자—피, 눈물

그는 빛과 바람 속을 걸으며 마음의 구덩이에 과거의 자신을 매장하고 거듭났다. 존재의 위상이 바뀐 그는 더 이상 예전의 시선으로 세계를 바라볼 수가 없다. 그의 형질 변화는 빛과 물, 바람 등 시적 원소들의 관계에까지 영향을 미친다.

첫번째 시집에서 빛을 매개로 삼아 대립되는 것처럼 보였던 기체의 세계와 액체의 세계는 다시금 빛을 매개로 하여 비유적인 통합을 이룬다. 『비탈의 사과』에 수록된 시 「개 꼬리, 죽어버린 횃불」에 시인의 방랑자적 운명을 상징하며 또 한 번 등장하는 개에게 있어 어둠은 존재의 추위와 등가적이다. 빛을 갈망하는 그 녀석에 '밤'의 빛인 달빛은 충분치 않다. "내 혀를 빛으로 적셔줘"라고 개가 고통의 액즙인 눈물로 말하는 마지막 장면은 빛에 해갈과 생명과 이미지를 더한다.

사막의 빛 속에서 자폐적 통증을 윤리적 고통으로 승화시킨 그에게, 이제 진정한 생명수란 눈물이다. 평화가 오지 않은 전쟁의 땅에서 이방인으로서 방황하며 쓴 몇 편의 시는 애가이다. 「안개의 이유—팔레스타인」에서 눈물은 물과 불의 속성을 가진 양서류적 매질이 된다. 오랫동안 형제와 형제가 다퉈온 살육의 현장에서 유난히 민감한 마음을 지닌 시인이 할 수 있는 일은 눈물과 더불어 산화되는 것이리라. 공감적 고통은 그를 태우고, 그는 눈물에 잠식된다. 현재 그의 윤리적 습도는 강우(降雨) 직전의 상태이다. 사막에서 윤리적 습도가 높아진다는 이 역설적인 경험이야말로 문학적인 경험이 아닌가?

그의 눈물에는 대속적인 의미가 있다. 해질녘의 비조차 소리를 내며 내리는데, 단말마의 비명도 제대로 지르지 못한 채 총격전에 희생된 이들을 위해서 그는 운다(「카렌의 땅」). 타인의 고통 앞에서 겸허하며 타인에 깊이 공감할 운명을 타고 난 그는 피로 물든 꿈을 결코 잊을 수가 없다.

「정오의 교차로」에서 일상의 풍경과 유랑의 풍경이 겹치고 현실과 꿈이 겹칠 때, 분명한 것은 그가 고통의 색깔을 잊지 않고 있다는 점이다. 걷기의 사명은 지금 꿈에서 '달리기'의 형태로 과장되고 강조되어 있다. 꿈에서 흘린 땀이 현실의 보도블록을 적실 때, 세계의 콘크리트 벽을 허물어온 경계인의 속성이 잘 드러난다. "보도블록"이 상징하는 일상의 문명에서 우리가 경험할 수 있는 고통의 최대치란 생각보다 보잘 것 없는 것이다. 그의 "땀"은 "차마 핏빛에 이르지 못"한다. 빨간 블록을 땀으로 적시는 것이 그가 피로 뒤범벅된 낯선 타인들을 잊지 않기 위해 행할 수 있는 실천적 제의다.

이제, 그는 옛 자아가 품고 있던 존재의 습기를 최대한 활용하여 비와 땀과 눈물과 피로 범벅된 습지의 남자가 된다. 그가 그토록 떨쳐버리고 싶어 했던 음습한 욕망은 자잘한 수정 조각처럼 빛나는 물의 씨앗으로 재탄생한다. 강렬한 햇빛이 정수리에 부어지는 「적도」에서.

마른 땅에서 비를 기다리던 씨앗들에게 습지의 남자가 내뿜는 물의 기운은 한 치의 오차도 없이 적절한 때에 적절한 방식으로 주어지는 선물이 된다. 그는 생명을 출산하는 것 같은 느낌을 받을 것이다. 그 느낌은 "기쁨인지 고통인지/햇빛이 너무 밝아" 규정하기 어렵다.

그가 자신의 몸을 희생해서 치르는 기우제 덕분으로 비는 내릴 것이다. 다른 것을 살리기 위해서 자신의 일부를 내어놓는 그의 몸이 "밝게 타는 태양 아래서" "더 빛나"는 것은 당연한 일이다. 한숨에 가까웠던 그의 들숨 날숨과 곰팡내 나던 그의 습기는 이제 중력이 아닌 부력을 지닌 공기 방울과 물방울로 아름답게 빚어진다. 그는 자신의 체온과 같은 열기를 지닌 적도에서 세계를 향한 열정으로 더욱더 뜨거워지는 중이다.

그가 온 힘을 다해 증발시켜 세상으로 흘려보낸 물은 모래가 서걱거리는 대지에 스며들고 아픔이 서걱거리는 심장에 스며들어 타인들을 위로하게 되리라. 그가 계산 없이 흩뿌려놓은 물의 결정들이 생명의 결정들과 만나 싹을 틔우고 꽃을 피워 그들에게 사랑의 그늘을 드리우게 될 것이므로. 그는 메카와 예루살렘 사이에서 느껴지는 사랑의 갈증 속에서도 결코 인간에 대한 기대를 놓지 않는다.

이산(離散)과 고통의 현장인 팔레스타인의 서안(西岸)에서도 그가 결국 주목하는 것은 한 팔레스타인 사내에게 비춰지는 “빵가루” 만큼의 햇빛이다(「웨스트 뱅크」). 거대한 공동묘지가 되어가고 있는 처참한 살육의 현장에 이처럼 알맞은 빛이 비춰지고, 거기에 그가 습기를 보탠다면, 대지 아래 잠들어 있는 평화의 씨앗이 언젠가는 세상 밖으로 찬란한 연둣빛의 얼굴을 내밀게 되지 않을까.

그러니 부디 물이 자유롭게 흐르게 두라. 비틀거리며 평생을 살아온 우리들, 인간들, “늙은 개들의 묘지”에, “어린 야자수”가 늘어서는 그날까지(「굽은 등」). 빛이 우리를 충만하게 적셔 증오의 총성 대신 사랑의 암향(暗香)만이 지상의 구석구석으로 퍼져나갈 때까지.

온대 기후의 사랑

사랑의 결실을 맺기 위해, 그가 가진 사랑의 느낌은 이제 행위가 아닌 온도로 온다. 사랑은 마음의 중위도 지역에서만 온전해진다. 극단적인 추위도, 극단적인 더위도, 사랑의 생육 조건을 충족시킬 수 없다. 그래서 사랑이 성숙해져가는 과정은 우리의 상상과는 달리, 그다지 뜨겁지 않다. 열정의 균형이 필요한 시기가 도래한 것이다.

사랑에도 매파와 비둘기파가 있다면 현재의 그는 비둘

기파에 가까워서, 그는 사랑도 온건하고 온화하게 시작한다. 상사병이라고 불리는 존재의 열병을 앓다가 불귀의 객(客)이 되어버린 옛사람들이 보면 그의 병은 병도 아닐 것이다. 꽃가루가 날리는 계절, 그가 앓은 눈병은 문자 그대로의 눈병일 수도 있지만, 아름다운 존재를 눈에 담아서 마음에 부드러운 바람이 불어와 동요된 상태를 가리키는 것일지도 모른다(「눈병」).

눈 속에 피어오른 꽃은 처음의 빛깔과 향기를 영원히 간직할 수 없다. 깊이 있는 사랑에 대한 시 「사랑이 익다」에서 꽃으로 표상되는 열정은 그 내부의 열기로 말미암아 쉽게 사라진다. 깊은 사랑의 온도, 이상적인 사랑의 온도는 대신 '아늑함'의 눈금을 가리킨다. 함께 평화로운 숲길을 걸어가는 당나귀와 주인도 "따뜻한 몸"(「당나귀가 가는 길」)을 대고 삶의 즐거움과 결실을 얻는데, 하물며 연인들의 관계는 더 말해 무엇 하겠는가. 낮도 밤도 아닌 "저녁"의 고즈넉한 온기를 얻으려면 백 마디의 말 대신 한 번의 걸음을 걸어야 한다. 그러니까 완성의 시간을 향해가는 순례자의 끈기가 필요한 것이다.

그가 가진 특유의 유머 감각은 사랑의 문제에서도 어김없이 발휘된다. 비둘기파인 그는 사랑하는 이들을 위해서 기꺼이 흉금(胸襟)을 터놓는다. 그 증거로 우리도 여기 언어의 축제에 초대받아 그의 마음속에서 노닐고 있지 않은가. 어떤 "토끼 한 마리"도 그의 마음속을 제 집 드나들

듯 한다. 역시 품 안의 토끼도 "가슴"을 "따뜻하"게 만드는 존재다(「토끼의 긴 귀가 가슴을」). 온 곳도 간 곳도 알려주지 않는 토끼는 그 실체를 알 수 없지만 어쨌든 그를 무장해제시키는 녀석인 것만은 분명하다. 그래서 토끼는 그의 마음속에 언제든 자리할 수 있고 그 특별한 신분으로 말미암아 그만의 독점적인 대상이 된다. 그의 마음에 난 작은 문을 통과해 들어오기 위해 아마 토끼는 수없이 귀를 구부렸다 폈다 할 것이다.

온대기후에서 기질적인 편안함을 느끼고 온대기후를 늘 그리워하는 그가 가장 두려워하는 기후가 있다면 바로 한대기후일 것이다. 그는 예상치 못한 냉정을 마주하느니 차라리 지나친 열정을 견디는 편을 택할 것이다. 익숙해서 따스한 것들을 깃털 이불처럼 덮고 눕는 그는 때때로 의외의 아침을 맞는다. 당신이 내 안에서 생명력을 잃고 하나의 무생물로서 그저 기념물처럼 남는 아침 말이다(「낯선 아침」). 그런 아침에 그는 길을 잃기 쉽다. 존재의 좌표를 잃고 향방을 잃은 채 그는 불투명하고 텅 빈 시공간을 헤맨다. "차디찬 동상"이 된 연인 앞에서 그는 존재의 급격한 한기(寒氣)를 느낀다. 온대기후의 끝에 갑작스럽게 닥쳐온 한대기후의 습격으로 말미암아 그는 삶에의 적응력을 잃는다.

마음의 온도가 낮아진 데에는 혹시 누군가의 방해가 있었던 것은 아닐까? 아니, 남겨진 그는 그렇게 믿고 싶다.

불길한 기운을 담은 음식을 만들고 주문을 외우며 유리구슬을 어루만지는 마녀의 이미지(「너의 머리칼이 목에 걸렸어」)는 그의 덧없는 추측과 기대를 엿보게 해준다. 그는 어쩌면 그녀 자신이 마녀였을지도 모른다는 생각을 애써 스스로 변조하는 것일 수도 있다.

누가 마녀이든 그 주술이 효험이 있었던 모양인지, 그와 그녀가 있던 따뜻한 세계는 차갑게 식어가고 이제 그곳에는 눈보라가 분다. 존재의 겨울이 찾아와 그가 사랑했던 모든 것은 냉동의 상태로 영원한 잠을 자게 될 것이다. 지금 이곳에는 그만이 홀로 살아 있고, 그는 한때는 토끼의 털처럼 따스하고 부드러웠으나 이제는 얼어붙은 그녀의 머리칼에 내상(內傷)을 입는다. 다시 온대의 사랑이 찾아오고 그의 몸속에 남은 그녀의 머리칼이 모두 녹아 수초처럼 일렁일 때까지, 그의 내면은 자해(紫海)에 압도될 것이다.

동사(凍死)의 위험이 있다 해도 그는 온대기후에서 나고 자란 사람으로서 아늑한 사랑에 대한 희망을 결코 포기하지는 않으리라. 안타깝게도 그는 조금은 숫된 사내여서 연애편지를 쉽게 쓸 수는 없을 것이다. 그가 쓰지 못한 연애편지가 화자가 된 「연애편지」는 재치와 운치를 모두 얻은 아름다운 시이다. 한밤에 내리는 비는 그가 지닌 망설임의 표정을 다소간 지워준다. 빗방울의 하강. 얼음이 아닌 물의 세계가 찾아오고, 우리는 그를 위한 해빙(解氷)의 조짐을 본다.

그의 말과 감정은 호흡의 형태를 빌려 바깥을 향해, 타인을 향해 가려 하지만 그의 기질적인 망설임으로 인해 외출(外出)하지 못한다. 고백의 좌절 이후 편지지에 쏟아진 붉은 잉크는 차라리 한 병의 피에 가까워 보인다. 심장이 꺼내놓는 말이 문학적인 표현을 얻기 위해서는, 그러니까 피가 검은 잉크가 되기 위해서는 얼마나 긴 산화(酸化)의 시간을 거쳐야 하는가.

그렇게 밤이 지나 아침이 오자 그의 세계엔 빛이 찾아온다. 그가 겪은 상처와 시련은 '희다'라는 색채의 이미지와 더불어 표백된 것처럼 보인다. 빛 속에 부유하는 먼지의 성화(聖化)된 느낌과 함께, 그가 쓰고 싶었으나 쓸 수 없었던 편지의 일대기는 끝이 난다. 비록 그가 종이 위에 부려놓으려 했던 말의 소포는 끝끝내 이곳에 도착하지 않았지만, 물과 빛이 글쓰기라는 제의의 시작과 끝을 감쌈으로써 그의 세계에는 다시 온화하며 온건한 사랑의 가능성이 싹튼다. 온대의 사랑에 이를 때까지, 열대와 한대를 가로지르는 그의 여행은 다시 시작된다. "우리의 자리는 언제나 溫帶//아직도 얼지 않은 물이 꿈을 적신다"(「禁忌 1」, 『개들의 예감』).

얼음 속 그의 얼굴이 온대의 빛 속에서 녹으며 웃고 있다. 사람의 발에도 표정이 있다는 것을 아는 그의 유일한 사랑이, 그의 지친 발을 따스한 물로 씻겨주리라. 먼 길을 걸어온 끝에 마침내 자신에게 도착한 그를 위로하며. ▨